사랑한다면 말이다
축복의 날들이다

넌 사랑이라 말하지만

나는 그리움이라 말한다

다녀가신 향기 여전한데
돌아보니 자취는 간 곳 없네

바람 바람님아 어서 좇으오
못 여쭌 이내 마음 건네주오

벼락같이 닥친 개벽開闢에
다만 정신을 잃었을 뿐이라고

목차

인연

한 떨기 꽃메 이슬 머금고 쓰러진다
스러진 가슴 뉘 알 것인가
이승의 연緣 금생의 연緣
무엇하나 변하지 않는 것은 없으니
아이는 울지 말라
처음 어린 가슴 속에 한 줄기 붉은 잎을 뉘 알꼬

님

어느 곳 미어진 곳이 있으랴
어느 곳 후미진 곳이 있으랴
에둘러 미치는 눈빛으로 삶들이 생기生氣나네

누구랴 어성긴 올자락으로
한 점 삼베 같은 올길을 내었는가

람藍에서 나는 것이 청靑이라 하니
고이 펼친 뜻 혼과 공空에 울리네

즉卽시時활豁연然

내 마음에 흰 새가 살고 있어
그 자태 뽐내며 너른 하늘을 날아다녔지

날은 저물고 빠르게 어둠이 내려앉을 때
어디 몸 누일 곳 찾기 어려워라

난생 처음 달을 보더니
기꺼워 날아오르네

비로소 드러난 우주
날개로 한껏 두드려 나아가네

그 끝에 펼쳐지는 즉시활연!

*즉시활연卽時豁然: 즉시에 탁 트이어 깨친다는 뜻. 불교 경전인 『유마경』에 나옴.

어린 꽃

손끝에 박힌 티끌 다시 보니 홑겹 꽃잎이라
어여쁜 꽃이야 둥실 물에 띄우면
흘러흘러 화사한 꽃가지 드리우리

꽃가지 무리지어 꽃무리라
꽃은 꽃이었을 뿐 어찌 티끌이었던고
공空한 마음 꽃으로 단장하면 아니 족하리

춘春망望

I

무심히 내다본 산기슭에도
냉이 아지랑이 피어나며
춘풍화기春風和氣 반기는데

님 소식 담아 먼 길 온 해풍은 침묵뿐이라
얼어붙은 돌쩌귀 서글피 우네

초승달 하얗게 새어버린 새벽이 오면
켜켜이 싸인 그리움 곱게 빻아 두었다가

따뜻한 봄 바다에 솔솔이 흩쳐 뿌려
님 계신 그곳까지 닿게 하리라

Ⅱ

촉촉한 달무리 사뿐히 밟으며
고요한 뒤뜰에 홀로 나서서
춘삼월 온 지가 언제더냐
도도히 앙상한 목련가지 바라보며 애태우네

상심한 마음에 고개 떨구니 쪽빛 치마 끝
소담히 터뜨려진 청아한 들꽃 하나

언제부터 피어 올랐더냐
첫눈맞춤의 순간,
온통 환희의 정적만이 흐르네

모진 꽃샘바람에 흔들리면 흔들린 채로
내 무심한 발길에 짓눌리면 그 채로
오롯이 너는 그 자리를 지켜왔구나

아! 내 진정 닮아야 할 이
너였음을 왜 진작 몰랐던가

그리움

봄, 두드리는 소리에 펄쩍 나가보니
고운 손님 자취 없고 별빛 같은 빗줄기라
빗물 끝을 따라 오르면 은하수 닿을 손가

은하수 비가 되어 손으로 오셨으니
어서 풀어 전해주오 기쁘고 슬픈 그곳 소식
아, 뭇 별이 기뻐 꽃비로 내리는 봄, 밤

망望 선仙 요謠

하늘에서 내린 봉황이여, 어딜 가느냐
온 길 못 찾아 이리 헤매이는고
한 시절 제아무리 좋다고 굴러도 넋은 멀리 있구나
오얏꽃 만개하고 석류꽃 두루 핀 명일明日
떠들썩한 춤판에 풍악 울려
치켜 뜬 버선발 허공에 맴도니
꽃도 서럽고 나도 서럽다

허위허위 날개짓도 바람이 휘벼
힘없이 퍼득이다 지치는구나
본디 구름 위 유유히 날았거늘
구경 온 저잣거리에 머물러 앉았으니
떨어지는 낙락장송 색 바랜 잎이로다
굽이굽이 강물에 그리운 맘 솟나니
벗은 발로 강물 어귀 오르면
내 온 거기 오르련가

손 내밀면 아득한
이내 춤은 봉황의 부질없는 날개짓
가지 못한 원통함이 구천을 떠돌지니
부서지는 매찬 바람에 살살이 흩어져라
깊은 숨 몰아치면 명命 입은 첫 기억만 아련타

아……

지저귀는 새 소리에 온갖 꽃달귀* 풍미豊美지어 노닐다
오색 빛 눈부신 곳으로 귀향歸鄕하니

선계仙界

짧은 탄식 사이로 내린 하늘빛이
모질게도 푸르르다

*꽃달귀: 꽃의 넋

만滿 월月

희뿌연 실타래 속 조각달은
지구에서 고개 든 누구에게나 애처롭다
천상의 금실로
한 땀 한 땀 검은 밤들을 수놓아
마침내 차란거리며 빛나는 만월滿月

곳곳에 가루 되어 뿌려져 내림이
지상에서 유일한 樂이요,
진정한 완성이라던 수줍은 속삭임

텅 빈 두 손 설렘으로 채우는 달,
충만을 내려놓고 보람으로 저무는 달

너는 그런 달을 닮았고
나는 그런 너를 담는다

짝사랑

사람이 사람을 사랑하면 그것이 사랑이련가
사람이 사람을 사랑하지 않으니
그것이 사랑이라오

마음속에 꽃이 핀들 무에 쓰려오
드러나지 않는 꽃이 향기를 내니
님 계신 소식에 저를 전할까 하오

은하수

별을 노래하려 하니 하늘이 가득 드리우고
하늘을 우러르려 하니 바람이 스쳐 가네

바람에게 전하게, 한 결 한 결 타고 올라
어디쯤 가면 이내 본향 나온다고

은하수야 뭇 성운아 가고, 가면
그리운 울음 어드메 터져 나오려오

영원의 샘

마음에서 퍼 올리는 옹달샘
달고 시원해
은하수水가 이럴까 우주해海가 이럴까

그것을 퍼 올리려면 중심을 잡아야 해
아니면 기우뚱 모두 쏟고 말지
그 물을 구하는 이 목마르지 않으니
끝없는 샘물로 영혼을 적시도다

모든 샘의 근원으로 직접 닿는, 호흡
들이쉬면 우주가 샘물 따라 들어오고
내쉬면 비워져 아무것도 없이 되네

가만히 들어보네
내게로 흘러 부딪히는
그 영원의 물줄기, 소리

사뿐히 올라타고 공기 중에 날아오르네
흘러흘러 물살에 얹혀
다시 돌아 흐르는 피안의 수레바퀴

그
어디쯤에
내가 있네

낙월찬가 落月讚歌

갖은 재주 뽐내며
풍진 세상 한 폭 치마에 품었으매
이제 와 가는 길에 미련이야 있을쏘냐

공작새 희롱하던 푸른 이슬 저물거든
이름 모를 산에 들에 어디든 던져주오

가랑비에 모시 적삼 녹녹히 달게 적셔
갈 곳 없는 까막까치 실컷 배나 불리고저

낙락장송 애태우던 수정반 검어지면
목멘 곡소리랑 저만치 밀어놓고
산천에 울려 퍼질 오색 풍악 높여주소

갈대 비늘 비녀 삼고 흙발을 버선 삼아
덩쑤덩쑤 한바탕 푸지게 놀고 나면
머나먼 파촉 길 쉽을 리야 있으리오

나는 그리움이라 말한다
너는 사랑이라 말하지만

프롤로그

내가 만난 황진이

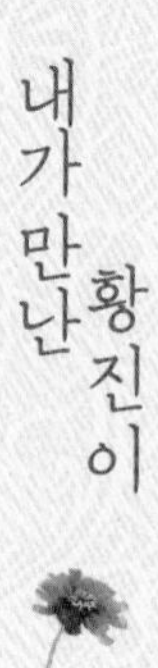

고래古來로 많은 스승의 이야기가 전해 옵니다.
스승과 제자의 아름다운 일화를 전해 들으며 이상하게도 어릴 때부터 그런 만남을 동경하였습니다. 하다못해 무술 영화에서 호된 훈련을 시키는 '사부님'도 왜 그리 멋있어 보이고, 부러웠을까요. 나도 스승님이 있었으면 좋겠다, 나에게도…….

그 염원이 하늘에 전해졌는지, 부족한 제게도 그런 기회가 주어졌습니다. 작가가 되고 싶다는 생각만 가득했을 뿐 일상에 쫓기며 살고 있던 저에게, 직접 글공부를 시켜주시는 스승님이 생겼습니다. 바로 우리 역사상 최고의 시인으로 꼽히는 황진이!

시인일 뿐 아니라 춤과 노래, 거문고 솜씨도 당대 제일이었던 예술가이며, 지금까지도 드라마, 영화, 소설로 작품화되는 최고의 인기인이신 분.

수백 년을 거슬러 오며 많은 사람들의 가슴에 설렘과 그리움으로 남아 있는 연인이기도 하지요.
그 중에서도 제가 만난 황진이는 '스승' 황진이입니다. 전공과목은 사랑이며 교습방법은 시詩였습니다. 시를 통해 하늘의 이야기를 전해 주시는데, 아…… 제가 잘 배웠는지 모르겠습니다. 다만 그 가르침이 어디서 듣지도 보지도 못한 천상의 이야기를 담고 있었고, 그저 평범한 사람인 제가 적었다고 하기엔 너무나 아름답고 격조 있는 내용이기에 감히 황진이를 사사師事했다 주장해 봅니다.
그런데 어떻게 500년 전 사람인 황진이를 스승으로 모실 수 있었을까요? 그분과의 인연은, 송구하지만 인연이라고 말씀드려 보자면, 7년 전 『황진이, 선악과를 말하다』라는 책으로 시작되었습니다. 제게 운 좋게도 그 책을 편집할 수 있는 기회가 주어졌었지요.

황진이 하면 대한민국 모든 사람이 다 알고 있는 유명한 분이시지만 또 잘 알지 못하죠. 누구나 황진이를 알지만 아무도 황진이를 모른다고 할 정도로요. 저도 마찬가지였고요.
하지만 그때, 그 책을 통해 만난 황진이는 그냥 특별한 기생이 아니었습니다. 선계仙界라는 높은 하늘에서 내려와 기생이라는 신분을 택하여 공부를 하고 가신 선인仙人이었어요. 선인이란 인간으로서 완성에 이른 분, 깨달은 분을 말합니다. 그렇기에 그녀가 들려주는 이야기는 남자와의 사랑에 대해서만이 아니라, 삶과 죽음 그리고 우주를 망라하는 더없이 폭넓고 깊이 있는 것이었어요. 게다가 처음 접하는 고아한 향기를 담고 있었답니다.

사랑은 신이 인간에게 준 가장 값어치 있는 것이지요. 사람의 명命을 주기도 하고 앗아가기도 하는 것이 바로 사랑 아니던가요? 참으로 이 우주에 사랑이란 부분이 없었다면 어찌 살았을까요. 그리고 사랑이란 원하는 것이 없이 오직 줄 수 있음만이 기쁨이 되어야 하지요. 아무나 할 수 있는 것도 아니고 아무나 가질 수 있는 것도 아니지요. 그래서 소중한 것이지요.

『황진이, 선악과를 말하다』에서

참, 어마어마한 사랑이 아닌가요. 그것도 요즘 같은 시대에 말이에요. 책에 나오는 벽계수, 화담 서경덕, 지족 선사 등 멋진 분들과의 사랑 이야기는 저를 매료시켰어요. 그 결과 눈만 높아져 버려 세상의 사랑타령이 시답지 않게 느껴지는 밍밍한 날을 보내야 했지만요.

그리고 몇 년이 지난 어느 날이었습니다.
기억은 나지 않지만, 그즈음 엄청 외롭고 서러운 일이 있었나 봅니다. 좀 울고 있었던가요.

내가 너를 사랑한다.
사랑한다……. 아이야.

눈앞이 환해지고 주위에 꽃 향이 가득하게 느껴진 것은 환상이 아니었답니다.

서러워하지 마라.
슬퍼하지 마라. 응?

가슴이 아른아른하며 온돌을 넣은 듯 따뜻해져 왔어요.

나와의 인연을 아름답게 가져갈 수 있을 것으로 믿는다.
너를 알고 있다. 좋은 만남을 가져보자.
나도 이렇게 허리띠를 매고 나왔단다.

제게, 아름다운 인연을 맺어보자 하셨어요.
어떻게 이런 일이 제 인생에 왔을까요.

그리고 매일 보자 하셨지요.
좋은 일이 있을 거라고…….

잠결이었는지 꿈결이었는지 그런 대화가 오간 것 같은데 문득 정신을 차리고 보니 사무실이었습니다. 주위에는 많은 사람들이 있었는데 꼭 아무도 없는 것처럼 느껴졌고, 아직도 빛과 향내가 가득한 듯했어요.
그것이 바로 황진이 선인님과의 첫 만남이었어요. 저는 정신의 영역에서, 파장* 으로 대화를 했던 것이라는 것을 나중에 알게 되었어요. 수련을 하면서 다른 차원에 계신 분들과 파장으로 대화를 할 수 있다는 건 들어서 알고 있었지만, 제게도 그런 꿈같은 일이 일어난 것이지요.
명상을 하다 보면 파장 대역이 점점 낮아지는데, 고도의 알파파장 상태가 되면 영적인 존재나 동식물, 심지어 무생물과도 의사를 소통할 수 있답니다. 그렇게 되는 방법은 깊은 호흡이고요. 물론 쉽지 않은 경지이므로 흔히 있는 일은 아니지요. 실은 호흡수련을 시작한 지 10년이 넘었지만 워낙에 변화무쌍한 감정의 소유자인지라, 제게 있어 알파파장이 되기란 하늘의 별 따기였답니다.

* 파장은 우주의 근본 구성요소이자 언어. 알파파장은 극저極低의 파장으로 우주의 모든 것과 통하는 미세한 파장이다.

그 이후 정말 매일매일 저는 그분을 뵐 수 있었고, 생각도 못했던 시와 글을 쓰기 시작했어요.
그날부터 수련을 조금 더 열심히 하게 되었고요. 실은 연한만 오래되었지 날라리 수련생이었거든요. 그런데 글 지도를 받기 위해 제법 꾸준히 호흡을 하기 시작한 거예요. 만나는 방법은 깊은 호흡이라고 누누이 강조하셨기에……. 세간에 알려져 있지는 않지만, 황진이 선인님은 생전에 밤새워 호흡에 몰두하셨을 정도로 호흡의 고수였다고 해요. 당시 스승으로 모셨던 화담 서경덕 선인님도 마찬가지이고요.

나를 만난 이유는 공부를 하기 위해서이다.
공부하는 시간은 언제더냐. 가장 맑은 시간에 찾아오너라.
너에게 가장 필요한 것은 일정 시간 이상 일정 강도 이상으로 호흡을 하는 것이야.
약한 상태에서는 나의 수업을 오래 앉아 받을 수가 없으니.

수련을 게을리 하거나 그날의 글을 쓰지 않으면 바로 꾸지람이 내려왔어요. 글도 수련도 치열하지 못해서 무엇 하나 이루지 못하고 있던 저는 임자를 만난 듯 갑자기 매일 수련을 하고 글을 쓰게 되었어요. 하루라도 빠뜨리지 말라고 하셨거든요. 깜빡하고 있다가 자정이 넘은 시간에 뒤늦게 공부를 청하기도 하였어요. 그래서 혼쭐이 나기도 했지만 꾸준히 하루도 빼놓지 않고 임하는 것도 정성이라고 칭찬도 들었지요
그러고 보니 제 평생 그렇게 꼬박꼬박 거르지 않고 무언가를 한 것이 처음이었습니다. 저도 신기했어요. 어떻게 그럴 수 있었을까요?
하루하루 공부를 해나가면서 느껴지는 엄청난 사랑에 저 또한 진심으로 그분을 너무나 사랑하고 존경하게 되었기 때문이었을 거예요.

숨어 있고 은근한 사랑은 그 깊이를 가늠할 수 없으며
길고 오래가느니……
그 향기를 한 번 맛보기 어려운 것이 지금 세상이라.
다들 하나같이 들고양이처럼 떠돌며 마음 둘 곳이 없구나.
세상의 아름다운 인연은 다 어디로 갔느냐.
그 중 가장 아름다운 인연이 지상에 꽃피었으니
부디 쉼 없이 나아가면 좋겠구나.

이토록 아름다운 가르침에 어느 제자가 온 마음으로 따르지 않겠어요. 옛 이야기의 스승들은 말 한마디 없이 3년간 물만 긷게 하셨다는데, 저는 그런 그릇이 아닌지, 아직 일천하여 혼날 때가 아닌지 그저 구름 위를 둥둥 떠다니듯 신나는 날을 보냈지요.
주위에서는 점점 예뻐진다고, 무슨 좋은 일이라도 있느냐고 하더라고요. 음. 멋지고 아름다운 분을 연모하게 된 건 맞긴 한데, 뭐라고 설명할 길이 없었습니다.
그저 솜이불처럼 부드럽고 자애로워 금생의 모든 시름이 스르르 녹는 것 같았지요. 따뜻한 것이 참 좋았어요. 마치 초등학교 때 저를 몹시 아껴 주셨던 담임선생님 같은 느낌이랄까요.
'사랑은 시를 타고' 무슨 뮤지컬 제목 같죠? 이상만 높은 작가지망생으로 헤매던 제게 매일 시를 내려주시며 실제적인 글공부를 시켜 주셨지요. 한 편 한 편이 사랑이었습니다.

세상에 수많은 글이 마치 바닷가에 밀려든 부유물처럼 떠돌고 있구나.
어떤 글을 쓰겠느냐.
그의 영혼을 본향까지 실어다 줄 배가 있다.

오랜 항해에 시달리고 풍파에 닳고 추위에 떨어온 그를,
그의 영혼을 따스하게 녹여주고 사랑으로 감싸 줄
본래의 자신, 우주의 어머니가 기다리고 있는 그곳으로 실어다 줄,
진정 읽는 이의 영혼에 가 닿을 수 있는 글이니라.
그 아름다운 항해로의 길을 열어 주는 글을 쓰도록 하여라.
단 한 줄이어도 번득이는 영혼의 조우가 이루어져야 한다.
오래 남아 후세에 감동을 주는 작품의 이유를 아느냐.
혼신으로, 영혼으로 그것들을 하였기 때문이다.

그 말씀은 저의 영혼을 한없이 높은 곳으로 이끌어 주는 듯했습니다. 글을 쓴다고 그동안 설치고 다닌 일이 부끄럽기만 했어요. 그렇게 부족한 제게 주문하신 내용이라니…….

수많은 사람을 인도하는 커다란 배를 짓기를 바라노라.
그 배에선 깨달음의 하프 소리가 울려나오고
고결한 정수에서 나오는 기쁨의 합창이
무파장 가운데 고요한 파장으로 배를 밀어 갈 것이니……

우리는 그렇게 비밀의 만남을 이어 갔고, 저는 매일 열심히 시를 적으며 공부를 해 나갔답니다.
그것은 문학수업이라기보다 인생수업이고 호흡수업이었어요. 오랫동안 꿈꾸어 오던 스승과 제자의 '수련' 과정에 다름 아니었지요. 그렇게 시간이 흐르면서 저의 호흡은 점점 깊어 갔고 글은 차곡차곡 쌓여 갔어요. 그 안에 담긴 사랑이란…….

그런 흥취와 풍류를 언제 또 경험할 수 있을까요.
달이 밝은 밤이면 달에 대해 읊어주시고, 비가 오는 날이면 비의 정취에 젖어들며 무엇에도 비할 수 없는 향기로운 시간을 보냈습니다. 언젠가는 선인님께 그 당시의 일들이 궁금해 여쭙기도 했어요. 참 멋스러운 삶을 살다 가셨는데 기록이 별로 없어 안타까워서요.

무어가 더 필요할까.
나의 역할을 다한 것이니 그것이면 되었다.
못다 한 연은 이곳에서 이어갈 수 있으니
영원의 세계에선 부족함도 갈증도 없구나.

선인님과의 일을 어찌 다 형언할 수 있을까요. 어느덧 책 한 권을 엮고도 넘칠 만큼 글이 모여 제가 더 놀랐어요. 자세히 읽어보니 제 개인에게 주신 내용이라기보다 우리 시대의 외롭고 힘든 많은 분들과 나누면 좋을 내용인 것 같았습니다. 그래서 글도 호흡도 아직 한참 갈 길이 멀지만 이렇게 용기를 내어 보았습니다. 글귀 사이로, 시공을 초월하여 황진이 선인님의 사랑의 파장이 조금이라도 전해졌으면 하는 마음입니다.

본문의 내용은 그간 공부한 시詩와 문文을 엮은 것입니다. 수련의 과정에서 저뿐 아니라 글을 좋아하는 친구들에게도 종종 가르침을 내려주셨지요. 같이 공부한 벗들의 시를 함께 실었습니다.

글에서 중요한 것은 '스킬'이 아니라 '사랑'이라는 것을 알았습니다. 영혼을 다해 그 사랑을 표현하는 것이 글임을 알았습니다. 저는 이제 스스로를 괴롭히며 재주를 탓하지 않을 것입니다. 마음을 다해 사랑하고 자연스럽게 우러날 수 있도록 저를 비울 것입니다. 호흡은 그것이 부드럽게 잘될 수 있게 도와줄 것이지요. 그런 선인의 세계를 시를 통해 전해 주셨습니다. 큰 사랑에 감사드립니다.

책을 예쁘게 만들어 주고 아름다운 그림과 글씨를 전해 주신 벗들에게 고마움을 전합니다.

사랑하는 스승님께, 제가 할 수 있는 가장 아름다운 절을 올립니다.

戀, 황진이

황진이를 그리며

어느 결에 다녀가셨나요

봄비에 담뿍 단잠을 깨어 보니
지상에 내린 천상의 황금책
구절구절 주워 담으니
무지개 항아리 폭포로 솟아올라

찬연한 빛은 천 리 하늘을 수놓고
소리 없는 음률은 만 리에 향기롭다
후세에 어느 사람이 있어
우리 아름다운 이야기 전해 줄까

바람조차 무심히 흐르니 산산이 흩어지건만
공기 하나하나에 스민 지극한 사랑……
그저 숨을 쉬고 그저 걸음을 옮김에
만물을 적신다

사랑이어라 사랑이어라
지상에 내린 한바탕 사랑의 연
고이 둘둘 말아 가슴에 품고
이내 몸도 가벼이 날아오르리

아아 선인의 꿈
온 세상이 靜이고 情이로구나

정으로 내리는구나
하늘의 빛 말

2012년 9월
장미리 씀

글은 영혼을 항해하는 배

가슴 속 사랑의 꽃을 떠올려 보아.
아롱아롱 피어나려 하는구나.
양분을 주고 햇볕을 쬐어
부디 활짝 피어오르게 하여라.

그 사랑의 꽃에서 기운을 당겨서 써라.
글은 사람을 키우는 것이어야 한다. 꽃을 가꾸듯이.
주눅 들게 하고 기죽게 하는 것이 아니라
그로 인해 진심으로 영혼이 밝아지고 활짝 피어나
본래의 행복을 느낄 수 있게 하는 것,
그것이 글을 쓰는 목적이 되어야 하느니.

세상에 수많은 글이 마치
바닷가에 밀려든 부유물처럼 떠돌고 있구나.
그 중에 그의 영혼을 본향까지 실어다 줄 배가 있다.

오랜 항해에 시달리고 풍파에 닳고 추위에 떨어온 그를,
그의 영혼을 따스하게 녹여 주고 사랑으로 감싸 줄
본래의 자신, 우주의 어머니가 기다리고 있는 그곳으로 실어다 줄.

그곳으로 가는 배는 아무나 만들 수 있는 것도 아니요,
아무 데나 있는 것도 아니다.
오직 그 하나만을 위한 배이며, 그것은
진정 읽는 이의 영혼에 가 닿을 수 있는 글이니라.
그것은 누구에게나 일정하지 않아.

이 사람에게는 이런 글이 저 사람에게는 저런 글이 가 닿을 것이니
그 아름다운 항해로의 길을 열어 주는
글을 쓰도록 하라.

단 한 줄이어도, 번득이는 영혼의 조우가 이루어져야 한다.
오직 순수한 마음으로 영혼을 담아 써야 하느니,
세상에 이름을 알리기 위해서나 자기만족을 위해 쓴다면
타고난 재주가 있다 한들
우주에 남는, 가치 있는 글이 되지는 못하리라.

오래 남아 후세에 감동을 주는 작품의 이유를 아느냐.
모든 것을 담아 혼신으로,
영혼으로 그것들을 하였기 때문이다.

너는 글을 어떻게 쓰려고 하느냐.
왜 써야 한다고 생각하느냐.
작가가 되겠다고 마음을 먹었다면
진정 자신과의 깊은 대화를 통해 그 부분을 짚고 넘어가야 한다.

척박한 지구 영토에 한 그루 영혼의 나무를 심어라.
점을 하나 찍더라도 그곳에서 싹이 오르고 가지가 뻗어 올라
우주에 닿도록 하여라.

수많은 사람을 인도하는 커다란 배를 짓기를 바라노라.
그 배에선 깨달음의 하프 소리가 울려 나오고
고결한 정수에서 나오는 기쁨의 합창이
무파장 가운데 고요한 파장으로 배를 밀어갈 것이다.

진정 만민을 위하는 거룩한 여정에 올라타라.
우주를 흐르는 도도한 대장정에
글로써 아름답게 이어가기를
바라고 바라노라.

존재의 사랑

네가 존재 자체로 사랑을 느낄 수 있게 되면
그때는 내가 필요 없을 것이야.
인간으로 이렇듯 사랑을 익혀갈 수 있음이 얼마나 좋으냐.

그런데 말이야.
사랑은 비교할 수 없는 거란다.
우주의 사랑을 가져야 한다는 생각조차도 오만이 아닐까?
그저 어떠한 사랑이라도 가슴에 품을 수 있다면
살아있는 것이고 감사한 일이로구나.

지상에서 내가 품었던 사랑들이
어느 하나 비중이 작다고 할 수 없으리.
그 순간 두 영혼이 교감을 이루고 진심을 나누었다면
부러울 것 없는 우주가 된 것이었으니
무엇에 비하겠느냐.

또한 어느 하나에 치우치지 않고 어머니의 마음으로
모두를 품을 수 있었기에
추하지 않고 향기가 오래 남을 수 있었느니라.

그러기 위해서는 진심만이 필요하지. 진심이니라.
재고 거래하는 사랑이 아니라
전부를 주고 전부를 받을 수 있다면 원이 남지 않으리.
하나에 최선을 다함은 다른 것에도 그럴 수 있음이니
누구도 원을 품지 않을 것이다.

아……. 정겨운 시절이었구나.

아름다움

아름다움은 실은 형체가 없는 것이다.

가장 지극한 아름다움은 허공이니,
허공 속에 빛나는 본성이야말로
조물주님께서 지으신 아름다움의 결정이니라.

그 아름다움을 향하는 인간의 마음이 바로
누구나 가지고 있는 신성神性이며
그것을 닦아 본래의 빛남을 드러내는 것이 깨달음이다.

인간이 아름다움을 추구함은 본디
본성을 추구하고자 하는 생래적인 바람에서였거늘
물질주의가 팽배하다 보니 이렇듯
왜곡된 미가 마치 본연의 미인 것처럼 여겨지고 있구나.

미란 겉을 닦는다고 얻어지는 것이 아니야.
안에서 빛이 퍼져 나오듯

어딘지 모르는 곳에서 향기가 느껴지듯
그렇게 깊이 숨은 아름다움이 저절로 드러날 때
진정 아름다움이 귀해지느니라.

사랑의 아름다움 또한 그러하니라.
사랑이 곁에 있고 얕으면 금방 보이고,
당기는 힘이 강해 쉽게 끌리게 된다.
그러나 서로 나눌 것이 없어 금방 바닥을 보이는바
쉽게 시작하고 쉽게 스러지는 사랑이 그럼에서 기인하느니라.

숨어 있고 은근한 사랑은 그 깊이를 가늠할 수 없으며
길고 오래가느니
그 향기를 한 번 맛보기 어려운 것이 지금 세상이다.
다들 하나같이 들고양이처럼 떠돌며 마음 놓일 곳이 없이 급하구나.

세상의 아름다운 인연은 다 어디로 갔느냐.

그 중에 가장 아름다운 인연이 지상에 꽃피었으니
부디 쉼 없이 나아가면 좋겠구나.

정 情

정이 없이 가능한 일이 무엇이겠느냐.

우주도 순수한 정에서 비롯되었느니라.
조물주님의 만물을 향한 정이 그들을 생성하게 하였고
만물 상호 간의 정이 자신들을 번성하게 하였다.
정이 없다면 그들은 홀로 존재하다 스러졌을 것이다.

정이란 주로 혈육, 남녀 간에 오가는
강한 집착으로 나타나는 경우가 많으니
그것은 강렬한 경험을 통하여
더욱 정의 확장을 원하도록 하기 위함이다.

그곳에 이르는 길에 인간에게 주어진 공부가 있는 것으로
대부분 그 차원에 이르지 못하고
집착 속에서 한 생을 마치게 되느니
때때로 이의 확장을 모범으로 보여 주는 이들이 나와
인간들에게 나아갈 방향을 보여 주고 있다.

정으로 인해 가슴 아파하지 마라.
그것은 자신의 정이 더욱 확장되는 기로에 있음을 의미한다.

마음을 열고 그 아픔과 끌림을 모두 받아들이고 키워 보아,
고통이 따를지라도.
외면하면 문은 더 이상 열리지 않으리.

사랑하고 사랑하고 또 사랑하라.
너의 마음은 이미 확장되어 모두 받아들일 수 있을 것이니.
피하지 마라. 언제까지 도망할 것이냐.
사랑하라. 마음껏 사랑하라.
사랑이 흘러넘쳐 주위를 적시고 만물에 흐를 수 있도록
더욱 사랑하고 사랑을 확대하라.

지극한 사랑의 바다에서
진정 사랑하는 자신을 만날 수 있을 것이며
자신을 지으신 그분의 만고 지극한 사랑을 뵙고
너의 영혼이 눈물 흘리리라.

그 사랑의 바다에서 그간의 아픔들을 씻어 내고
진정 자유로운 사랑에 몸을 맡겨라.
파도가 일어났다 스러지듯이 자연스러우며
모두 바다의 일부이며 전부이니

그 시작이 한 점 정情이로구나.

자신을 사랑하여라

자신들이 얼마나 사랑스러운가.
하늘의 입장에서 내려다보아라.

자식을 낳아본 이는 알 것이다.
그 아이가 무엇을 하든 얼마나 사랑스러운가.
가만히만 있어도 그저 예뻐서
안아 주고 말을 걸고 하지 않더냐.
작은 일이라도 해내면 얼마나 대견하며
남다른 재주라도 있을라치면 얼마나 자랑스럽더냐.

그 마음이다.
하늘이 너희를 그렇게 사랑하신다.
그러니 자신들을 더욱 사랑하고 자랑스럽게 여겨라.

자신을 사랑하여라.

자신을 사랑하는 일은 이기적인 일이 아니다.
자신을 사랑하는 만큼 너희들의 사랑은 확대되리니,
자신을 사랑하는 일은 자신을 더없이 넉넉하게 해줄 것이고
넉넉해진 자신은 그 사랑을 타인과 나눌 줄 알게 되는 것이다.

사랑이 먼저 자신 안에서 차올라야 한다.
부족한 사랑을 억지로 퍼 올리는 것이 아니라
안으로부터 사랑의 샘이 솟아오르도록
자신을 지극히 사랑하라.
사랑은 할수록 솟아오르는 샘물이니
한순간도 자신을 사랑하기를 멈추지 말지어다.

이 순간 자신을 미워하거나 마음에 들어 하지 않는 이가 있다면
그가 바로 가장 도움이 되지 않는 사람이다.
자신을 사랑하지 않음은 자신만 미워하는 것이 아니라
타인을 미워하는 것이며 세상을 미워하는 것이며
자신을 내어 준 하늘을 사랑하지 않는 것이다.

온전히 우주로 내어 주신 자신을,
이 순간 경이롭게 숨 쉬고 있는 자신을
어찌 사랑하지 않을 수 있겠느냐.

사랑하라. 자신을 사랑하라.

자신을 사랑함으로 이웃을 사랑하라.
세상으로 사랑을 전하라.
자연을 경애하며 만물을 사모하고
우주를 품어라…….

사랑은 그저 마음먹는 것만으로 우주와 하나 될 수 있는 방법이다.
그러니 사랑을 하지 않는다면
영생의 가장 큰 실수가 아닐 수 없으리.

사랑하고 사랑하라.
지금 당장 사랑하라.

사랑은 모든 걱정을 먼지처럼 만들고
어려움을 신기루처럼 사라지게 하며
세상이 마법처럼 보이게 하는 비법이니라.
이 비법을 어서 가져다 사용하는 일에
왜 서두르지 않느냐.

그러니 자신을 사랑하여라.
자신을 사랑하는 이들은 곧 하늘을 사랑하는 것이며
하늘의 지극한 사랑을 받을 것이니라.

기起
복伏

나의 삶은 그리도 화려하고 다채로웠다고 할 수 있으나
보기에 그랬을 뿐
나는 언제나 나의 자리에 있었기에
매일이 똑같은 평상심의 하루하루였느니라.

다른 일을 한다고 하여 내가 다른 이가 되는 것은 아니듯
마음이 제자리를 차지하고 있으면 무슨 일이든
그저 옷을 갈아입는 것과 다르지 않은 것이다.
뿌리가 제대로 박혀 있으면 그리 되나니.

네가 이렇듯 일정 시간을 내어 호흡을 한다면
너 또한 어떠한 상황에 처하더라도
움직이는 건 그저 몸일 뿐.

너의 기복은 네가 가져오는 것이다.
뿌리 깊은 호흡으로 해결되리니
생각보다는 행行이라.

창조는 규칙에서

창조는 규칙에서 나온다.
반복되는 행위와 정성으로 어떠한 한계를 넘어서면
분출되는 한 생각, 기운이 있다.
그곳에서 한 발 나아갈 수 있는 것이 진화이다.
가만히 있는데 깜짝 놀랄 아이디어가 떠오르거나
천재적인 작품이 나오는 것이 아니니,
매일 반복되는 꾸준함에 답이 있다.

너희의 일상이 그 일이 될 때
지리한 반복과 제자리걸음을 넘어서는 비등점에 도달할 것이다.
오늘도 내일도 그리고 이생의 마지막 날까지
매일매일 나아가야 하는 일이 있다.

생각해 보아라. 이 세상이 어떻게 돌아가고 있느냐.
태양의 떠오름이 어디 일회성인 일이더냐.
가장 높고 빛나지만 그저

당연한 일로서 행하고 있느니라.
어떠한 일도 당연한 일이 되는 상태,
그러기 위해 규칙적으로 반복하고 나아가야 하리.

우주만물은 아무도 쉬지 않는다.
우주와 통하고 나면 그저 자신의 일로서 존재할 뿐이며
다른 이를 부러워하거나 자신의 일을 좋아하고 싫어하지도 않는
평상심으로만 갈 것이다.

아직 미치지 못한다면 깨어나지 않았음이니,
겉으로는 큰 차이가 없어 보일지라도
사실은 '존재하고 존재하지 않고'의 차이와 같으리라.

어떠한 생각을 하고 어떻게 행동하느냐에 따라 인간은
자신으로 아름답고 보람되게 존재할 수도 있고
다녀간 의미를 찾기 어려울 수도 있느니라.

어떠하냐.
자신의 일상으로, 세포와 같은 자신의 일부로,
그 일로 자신을 가득 채울 수 있는가.

절대 규칙으로 돌아가는 우주의 자동시스템으로 들어가면
자연스럽게 모든 것들이 알아지고 되어질 것이며
에너지가 들지도 않으리라.

그리움 서러움 외로움

선인仙人은 정제된 외로움과 그리움, 서러움을 아는 사람이다.
아무렴 굳어진 가슴으로 무슨 사랑을 할 터이냐.

우주 안에 외로움을 아는 자가
비로소 사랑을 할 수 있을 것이요,
그리움을 수시로 느끼는 자가 바로
본향을 찾아갈 수 있는 힘이 있으며,
서러움을 아는 자야말로
진정 타의 아픔에 공감하고 위로가 되리.

감정에 휘둘리지 않으며
잔잔히 바라보고 즐길 수 있겠니.
외로움을 즐기라고 하였거늘,
기회가 올 때마다 외면을 하는구나.

그 안에 침잠해서 고요히 푹 빠져 본다면
네가 온 곳을 향한 강한 이끌림으로

저도 모르게 호흡이 깊어지리니
아이야, 외로움이 찾아오면
반갑게 앉아 보아라.

그곳에서 트이고 가게 되는 곳이 있으리니
그저 한없이 노를 저어라.
가고 가다 보면
네가 닿는 그곳에 황금빛 꽃 피어나
그간의 외로움을 어루만져 주리라.
너의 온갖 서러움이 꽃으로 화하리라.
그리움이 정녕 그곳에 닿아
하늘을 돌아 하늘로 가는 길로 안내하리라.

개인의 상념을 버리고
우주의 외로움으로 들어 보아라.
우주는 그 외로움으로
버티고 존재하느니라.

저기 어린 눈망울들이 하나같이 반짝거리며
외로움, 서러움, 그리움으로
아롱거리는 것이 보이지 않니.
하늘하늘 날아서 꽃을 피워 주어라.
너의 있는 자리가 그런 꽃밭이 되게 하여라.

그런 존재가 되어라.
그리하여 그 모든 외로움과 그리움과 서러움은
가장 아름다운 선물로 보답 받으리.
실로 황금빛으로 찬란할
하늘의 성일러니
그것을 보리라.
그곳에 닿으리라.

기쁨의 춤을 나와 함께 추리라.

뜻

뜻이란 무엇인가.
무엇으로 존재하는가에 대한 답.

하늘은 하늘대로, 별은 별대로, 나무는 나무대로
자신으로 존재하게 하는 동인動因.

뜻이여 타올라라.
우리를 때고 우리를 밀며 우리를 끌어다오.

뜻으로 세워져 있음에 강풍에도 끄떡없으니
보이지 않아도 더욱 아낄지어다.

뜻, 함부로 품지 말며 품어도 내비치지 말며
내밀하게 깊이 품고 은근하게 동하여
저절로 애가 타 그 빛 스미어 나오게 하라.

뜻으로 말미암아 우리는 그 길을 타고
훨훨 우주까지 이르나니
어찌 그 자취를 가벼이 여길 수 있으랴.

사뿐히 걸터앉아
진정 이끄는 곳으로 닿도록 하라.

뜻 안에서 가는 곳이 바로 너의 본신本身이며
모든 이들이 바라는 자아상이자
변화할 자신에 대한 오마주인 것이다.

뜻을 세워라.
벼리고 다듬어 바르게 향하게 하여라.

그곳이 어디일지 가봄 직하다.
그렇지 아니한가.

눈물로 쓰는 글

진심으로 해야 한다.
정말 궁금한 것이 되어야 한다는 말이다.
진척이 잘 안 되는 이유는 바로 여기에 있느니라.
당장 어디서 거하고 무엇을 먹을지에 대해서는
그리도 애달파 하면서
정작 너의 일에 얼마나 가슴을 졸여 보았느냐.

밤잠을 설치고 눈이 붓도록 울어야 터져 나올 것이다.
왜 하고 있느냐.
의무로 접근하는 한 그저 그런 글 속에 묻혀
누구의 마음도 움직일 수 없으리라.

그 주제로 침잠하고, 바라보아라.
무엇을 말해야 하는지 그럴 수 없이 명료해지며
비 온 뒤 산처럼 성큼 다가올 것이라.

그럴 여지, 앉을 자리조차 주지 않으니
모래알같이 이어졌다 끊어졌다 반복하며
꼴이 되지 않는구나.

가슴을 비우고 사랑으로 채워라.
자신을 생각하지 말아라.
비가 오면 비를 맞고 햇볕이 내리쬐면 몸을 맡기는
저 의연한 잡초가 되어라.
무엇을 그리 재고 걱정하느냐.

무엇이 필요하냐.
너는 온 우주의 사랑으로 이곳에
그토록 사랑스러운 모습으로,
우주의 사랑을 전하기 위해 존재하느니라.

너를 통해 전하고자 하는 뜻이 있구나.
감사히 받들어라.
마음을 세우면 바로 닿을 것이다.
그것을 당겨서 내려쓰면 된다.

소리 없이 기척 없이 내려 주시는 우주 어머니의 사랑을
너를 말미암아 그려 내어라.
자신이 가진 어여쁨을 어서 드러내라.

별들이 떠오르듯 하나하나 밝게 오르거라.
세상 가운데 빛이 되고 별이 되어
자신의 자리에 등장하여라.

그것을 바라시며 그토록 오래
공들이고 기다려 오신
너희와 연결된 모든 생명의 뜻을
비우고 어서 받으라.

사랑으로 인도될 것이다.
저 들판의 작은 풀들이 그러하듯이
너희도 우주의 품에서 평안하여라.

사랑의 타래

아이야.
너의 사랑을 피워 보아라.
봉오리가 열리려고 아롱아롱하는구나.
자신 있게 쭉 끌어당겨 보아.
근원의 기운이 끝까지 닿을 것이다.
사랑이 방울방울 흐르는구나.
그것을 나누어라.

작은 포말이 되어 공기 중에 흩어지면
온 별이 사랑의 타래로 감기는구나.
알갱이가 서로 모여 하나로 되어
지구별을 둘러싸면
안개가 대지를 감싸듯
사랑으로 세상을 덮으리.

차원을 높이고자 하느냐.

지금 바로 가능하도다.
사랑을 나누어라.

그것을 지구 반대편까지 닿도록
미세하게 분무하면
돌아 다시 너에게 미치리니
너와 저 아프리카의 한 아이, 이름 없는 풀 하나가
하나로 되는구나.
모두가 하나의 생명으로 활活하리라.

그 광경, 더없이 애틋하고 아름다워
하늘이 몹시 사랑하실 것이다.
사랑을 나누어라.
지금 떠오르는 너의 사랑을
날숨과 함께 주욱 분무하여라.
얼마나 쉬우냐. 그렇지 않니?

아이야.
사랑을 내쉬고
사랑을 나누어라.
모든 것이 거기서 풀리리라.
사랑하는 나의 아이야.

시를 써라

고비로다.
이것을 넘기겠느냐. 어떻게 넘기겠느냐.

너의 시간과 재능을 온전히 바쳐라.
그럼으로써만 떳떳하기도 하려니와
밀도와 순도가 높을 것이니
무엇이 되었건 그를 통해 너는 성장할 것이다.
100%여야 한다.
그리한다면 무엇이든 가하지 않음이 없으리.

그리고 집중하여라.
자중하는 가운데 한 획을 그어라.
한 획 한 획 최선을 다하고
어디에 어떻게 자리하는지 살펴라.
하루에 한 획을 긋더라도 그리한다면
전체 그림에서는 완성되어 가고 있음이니
초조해할 것 없다.

말 한마디, 한 행동, 한 시간의 사용이 모두
큰 그림의 일부임을 알고 나면
어디에서 무엇을 하건 안심이 아니랴.

집중에 앞서 너를 비움으로 채우고
맡겨라.
기적이 이루어질 것이다.
그 한 손 한 손이 모여 우주가 이루어진다.

그런 방법으로, 시를 써라.
하루를 보냄에 있어 한 번의 명상과 한 절의 시구라면
부족할 것이 무엇이더냐.
마음을 비우고 다듬고 수행하는 것으로는
상품上品의 방법이니라.
소홀히 하지 않도록 하여라.

이는 옛 선인님들의 수련방법이니
마음을 명경처럼 투명하게 닦는 방법으로
글을 통하여 그것을 비추어 보았더랬다.

글이란 스스로 살아 숨 쉬며,
만든 이의 상태를 드러내므로

곧 수련하고 다듬는 방편의 하나이니라.
어떻게 포장하거나 숨길 수 없는 것이 글이다.
매일 마음을 닦듯이 언어를 닦고
때가 없이 투명하게 만들어라.

무엇을 노래할까.
얼마 남지 않은 안타까운 때를 기려 보아라.
사라져 가는 시절을 노래하여라.
만물의 노고를 치하하고 고단한 영혼을 위로하여라.

왔다 스러져 갈 생명들이
그 글귀를 타고 평안히 떠날 것이다.

쉬지 않고 써라.
사명감으로 글을 써라.
하고 싶으면 쓰고 말고 싶으면 쉬는 것일 줄 알았더냐.
자꾸 써야 붓끝이 살아난다.
손에 쥔 붓은 칼이요, 어머니의 손길이다.
적절히 사용하여 만물을 생生하는 일에 쓰도록 하여라.

행行이 우선이다.
하고 나서 다시 보자.
시간이 천금이다.

비시 非詩

시를 잊지 않고 쓰려는 것은 좋구나.
그 자세를 놓치지 않도록 하여라.

그러나 지금은 시가 아니다.
글을 뽑아낸다고 시가 아니야.
그것이 나오기까지 충분히 내려가고 푹 익어야 하느니
급히 쓰는 시는 익지 않은 밥처럼 깊은 맛이 나지 않겠구나.

글은 손끝으로 나오는 것이 아니니라.
한 점 빗방울이 저 바다 건너 거대한 파도로 올라오듯이
안으로부터 밀려올라 손끝에 차고 넘쳐야 하리라.
깔딱깔딱 목으로 노래하듯이 해서야 되겠느냐.

자신을 관리하는 것이 첫 번째이니
흔들리지 마라.
어떤 일에도 마음이 흔들리지 마라.
좋은 일에 흔들리는 것도 불가하다.

가운데 길로 쭉 갈 수 있어야 하느니
강해지거라.
먼저 자신을 세워라.

공허

네가 사랑이 필요하구나.
어찌 외로워하는 것이냐.

사랑이 필요하면 센 척하지 말고 그냥 받아라.
무엇이 있느냐.
마음이 공허하여 자신조차 털리게 생겼구나.

자신을 들여다보렴.
강한 듯 보여도 들춰 보면 아무것이 없으니.
눈보라에 헐벗은 군사로 허세만 부린들 이길 수 있겠느냐.
날아드는 공격에 무방비가 아니냐.

아무것도 하지 않으며 오로지
자신을 사랑하는 호흡으로 들어라.
무엇도 생각하지 말고 그저
자신의 귀함을 생각하고 보듬어 주면서
경단을 만들듯이 자신을 단단하게 빚어 보아.

공허한 마음부터 채우고
계속 가자꾸나.

조율

삶을 조율하라.
인간의 몸은 악기와 같아
최적으로 조율된다면 통풍이 잘되는 방처럼
신선한 공기와 정보가 막힘없이 드나들어 건강하다.

조율.
사람, 자연, 하늘에의 조율…….
자신은 없는 상태에서 바람처럼 그에 맞춤이
바로 조율의 요령이니
나 없음이 기본조건.

자연에의 완벽한 조율이 이루어지면
바로 그와 같은 소리를 낸다.
삶이 바로 그러하리라.

하늘에의 완벽한 조율이 이루어지면
또한 그와 같은 소리를 낸다.
그 삶이 곧 천상의 삶이라.

그대 자신을 조율하여라.
이는 곧 수련이니
몸과 영혼을 조율하는 일이라.
틈나는 대로 호흡만이
그 길을 당겨줄 수 있을 것이다.

그 호흡의 방법은 사랑을
들이쉬고 내쉬는 것이다.
사랑이 아니라면 조율되지 않은 악기처럼
아무것도 느끼고 통하게 할 수 없는
그저 물체이니 어디에 쓰겠느냐.

텅 빈 우주공간에 자신을 조율하라.
그리하여 우주 최고의 선에 통하고
그곳에 머물러라.

자신과의 만남, 우주와의 만남은
완벽한 조율 과정에서 나타나는 사건이라.
그 너머에 무엇이 있을지
상상만으로도 벅차지 아니한가.
우주로 완벽하게 조율된 영혼이여,
어떤 역사를 쓰게 될 것인가.

그러니 어떻게 호흡을 하겠느냐.
우주에 자신을 조율하고
자연에 자신을 조율하고
자성에 자신을 조율하여……

무無
그렇게 되리라.
끝없이 주고 끝없이 받는 세계
무심에 도달하리라.

호흡을 계속 하여라.

감사

감사!
무어라 표현하겠느냐.
인간의 언어로 그저 감사라고 하지만
본디 우주의 언어이니라.
한번 떠올려 보겠니.

고차원의 존재에게 동기가 되는 것이 감사이니라.
인간을 움직이는 동기는 주로 욕망이나 욕심이라지만
차원이 올라가면 그것은 감사로만이 작동되느니,
진화로 향하면 향할수록 감사의 차원이 올라가고
그것은 더욱 진화로 인도하리라.

의식을 가짐은 감사할 수 있음이며
존재의 기본 상태는 감사여야 한다.
감사라는 수면이 잔잔하고 영향받지 않음으로
무엇이건 할 수 있는 힘을 가지게 되리라.
감사란 곧 우주를 유지하고 운행하는 힘.

감사, 무엇에 대한 감사인가.

말로 다 할 수 없는 존재가 있어,
그저 떠올릴 뿐 형언할 수 없는 근원에 대한
감사…….
존재할 수 있음에 대한 당연한 감정이어라.

진정 감사의 마음이 솟아나와 존재를 이루고
더욱 넘쳐흘러 자신을 넘어
이웃과 자연과 우주를 향하게 되는 것이
바로 이생에 나아갈 길이라.

감사, 어떻게 할 수 있을까.
사랑이다.
사랑은 진정한 감사를 가능하게 하는 바탕이라.
사랑이 부족하면 자신만을 걱정하고 돌보기에도 부족하여
결핍하고 부족한 면만을 보게 되니,
감사보다는 분노, 결핍감 같은
참으로 어리석은 방향으로 쏠리게 되느니라.

사랑이 넉넉한 사람은 자신에게 남아도는 사랑이
자연히 감사로 승화되며
곧 사랑이 무한히 넓어질 수 있는 차원으로 가리라.

사랑과 감사는 나눌수록 더욱 불어나는 화수분과 같으니

부족한 이는 더욱 부족함으로
넉넉한 이는 더욱 넉넉함으로 가는구나.

허나 이 또한 마음 한 장 어떻게 놓느냐의 차이로
그저 마음의 방향을 가볍게 뒤집기만 한다면
곧 절망에서 희망으로,
미움에서 사랑으로 바뀌는 놀라운 스위치가
인간의 마음에 들어 있느니라.

사랑이 부족한 이들이여.
감사가 어려운 이들이여.

그저 당장 사랑하기 시작하라.
당장 감사하며 종일 감사와 함께 하라.

눈을 감았다 뜨는 짧은 순간에도
한겨울이 따사로운 봄으로 바뀔 수 있으니
그 열쇠가 바로 감사로다.
감사야말로 진정한 황금열쇠이니라.

감사하라. 감사하라.
그 모든 것에도 불구하고 오직 감사로 회귀할 수 있을 때
숨겨진 문이 열릴 것이다.

주위를 둘러보아라.
아니 그저 느껴 보아라.
네가 무엇으로 존재하는지
누구와 함께 하는지
어디에 있는지…….

얼마나 감사로우냐.
어찌 감사하지 않을 수 있단 말이냐.

하루의 해가 뜨고 바람이 불며 구름이 흘러가는 일처럼
어찌할 수 없이 자연스러운 것
그것이 바로 감사이니
오직 감사하라. 감사하라.

감사의 노래로 자신을 가득 채워라.
자연을 우주를 자신을
감사하라.
감사하라…….

겸손

겸손은 그분의 존재방식이시다.
자신을 희생하여 우주를 창조하는 자체가 겸손이며
사랑으로 모두를 감싸 안아 창조의 근원이 되는 배경이 겸손이다.

빛 자체이나 그 빛이 자신을 비추는 것이 아니라
우주만물을 고루 비추시니 또한 겸손이다.
곧 만물을 생장하게 하고 진화하게 하는 원동력이라.

그러므로 겸손은 그분으로 가는 지름길이니
이 세상의 가장 낮은 곳에서
모두를 받치고 비추고 있기 때문이다.

빛은 가장 낮은 곳으로 가 닿아
생명을 일으키는 기적을 창조한다.

나무를 키워 내는 햇빛은 자신을 향하는 것이 아니라
오로지 자신을 그곳에 투과하여야 비로소 하나의 나뭇잎으로
형성된다.
그것이 우주의 출발이었다.

나뭇잎 하나를 피워내는 겸손함과 이타로 인하여
우주 하나가 탄생하는 것이며
그 우주는 창조물들의 순환에 포함되어
다시 겸손으로의 대순환으로 드는 것이라.

그 순환의 맨 처음은
자신을 낮춰 타他로 흐르는 방향에서 비롯하니
다시 겸손이라,
곧 만물을 향한 큰 사랑이구나.

겸손은 수련의 시작이요 끝이라는 것은
그 안에 이러한 창조의 비밀이 숨겨져 있기 때문이다.

우주가 순환할 수 있는 것도 하나의 겸손에서
움직임이 시작되고 양보함으로써
성性이 동動이 되어
결국 창조물 정精으로 이어지는 것이다.

수련을 하겠느냐. 우선 겸손하라.
고개를 숙이고 몸을 숙이면 마음이 숙여지고
비로소 변화와 창조가 시작되리라.

긴장과 조화

마음의 눈으로 보아라.
얼마나 많은 파장이 돌아다니고 있으며
호시탐탐 무심을 빼앗으려고 애를 쓰는지.
일일이 귀를 기울이다
언제 목적지까지 도달할 수 있겠느냐.

마음의 보석을 지켜내기 위해서는
철통같이 경계를 해야 하느니
부디 갈고닦음을 한시라도 놓아서는 아니 되리라.

가지고만 있으면 바로 놓칠 수 있다.
계속 들여다보며 호흡하고,
집중하여 갈고 닦아 빛을 내야지.
그것이 스스로가 태어난 보람이고 목적이니
한시라도 긴장을 늦출 수 있겠느냐.

매순간 팽팽하게 긴장하고 있어야 하느니,
긴장되어 경직됨이 아니라
긴장된 이완으로 가라.
곧 물이 물 분자를 유지하고 공기가 대기권에 잡혀 있는 이치라.

진정한 이완은 완벽한 긴장상태이니,
호흡은 그것을 가능하게 하는 지름길이자
가장 효과적인 길이라.
이 세상의 완벽한 것들은 모두
긴장으로 지속되고 있구나.

어린 아이일수록 팽팽하게 긴장을 유지하고 있으니
모든 상황에 열정적으로 반응하는 아기들을 보아라.
본능적으로 자연과의 사이에 팽팽한 압을 유지하며
활발하게 교류하기 때문이다.

인간이 인간일 수 있음도 바로 그러한 압력에 기인하는 것이니,
그것이 흐트러지면 이내 자연으로 돌아가 분간이 되지 않을 것이며
개체로서 기능을 할 수 없느니라.

조물주님께서 창조하신 이 아름다운 세상을 보아라.
우주를 내어 보아라.
그 아름답고 완벽한 조화는 완벽한 긴장에서 나오니

별의 운행이 그토록 정확하며 자동적일 수 있는 것도
그러한 이치에서 비롯하며
우주는 그러한 조화 속에 생성과 소멸이 돌아가는구나.

에너지 또한 그러하다.
감정 에너지도 플러스마이너스를 통틀어
완벽한 긴장 속에 균형을 유지하며
우주의 동력이 될 수 있는 것이라.
지금 조금 가라앉았느냐.
그러면 반대로 플러스 에너지를 가진 너를 상상하라.
그와 너는 완벽한 대비로 조화를 이루니
우주의 생명력에 일조를 하고 있음을 기뻐하라.

내려가고 올라감이 모두 도움이 되는 것이니
한 가지 일에 기뻐하고 한 가지 일에 슬퍼하지 말고
지속적으로 평온한 기쁨을 발생시킬 수 있다면
바로 우주심을 터득한 것이 아니겠느냐.

심心 정情

아직 출발점에 서지도 않았느니라.
이미 신발끈을 단단히 매고 채비를 갖춘 이에게는
나아갈 길이 보일 것이니,
앞이 보이지 않음은 나아갈 준비가 되지 않았기 때문이다.

충분히 간절하여라.
인간의 한계를 넘는다는 것이 어떤 것인지
상상 속에서라도 감히 헤아린 적이 있느냐.
진정 극기를 해보았느냐.
하나라도 꾸준히 나를 위해, 또는 남을 위해 행하였느냐.
작은 일이라도 얼마나 진심으로 실천하고 있는 것이냐.

나 하나의 작은 행동이 지구 저편의 한 생명을
죽였다 살렸다 할 수 있음을 인식하였느냐.
모두가 연결되어 있는 생명체이니 하나도 가벼이 할 수 없으리.

지구에서 어떠한 흔적을 남기었느냐.
너의 영향은 어떠하냐.
세상을 위하여, 아니 그 누군가를 위하여,

어떤 작은 생명에게
단 하루의 평안이라도 제공한 적이 있느냐.

너의 걸음에 진심이 깃들었느냐.
정말 간절하다면 하루하루가
전쟁 같은 울음과 반성이 흘러나오리니,
모든 것은 그 하나에
온 울음과 온 하늘과 온 세상이 들어 있어야 하느니라.

한 음으로도 수천의 청중을 울릴 수 있어야 한다.
한 발짝에도 천지만물이 끄덕일 수 있게 걸어라.

단 한 번이 아닌 일생의 한 걸음 한 걸음이 그러해야 하며,
그런 걸음이 잠시라도 보인다면
비로소 희망을 논할 수 있으리.

그저 어제 그 걸음을 오늘도 나아간다면,
그것은 하나도 나아가지 않음이며
스르르 사라지는 연기와 같이 아깝고 아까울 것이다.

심정心情이다.
무엇을 할 때는 심정으로 하여야 한다.
심정이면 더 이상 무엇도 필요하지 않으니

한 줄의 글로도 우주를 이룰 수 있고 만물과 통할 수 있다.
한 권의 책을 다 써야 말할 수 있는 것이 아니지.

그런데 너희들의 한 글, 한 걸음, 한 마음
모두를 갖다 부어도
그 한 방울에 미치지 못할 것 같아 슬프구나.
하늘이 슬픈 것이다.

빗방울이 되어 내릴 수 있는 최소한의
무게조차 형성할 수 없이 그저 가벼움,
아무것도 담겨 있지 않은 공허한 외침,
무엇 때문에 하는지 모르겠는 행동들…….

수없이 되풀이하는 헛발질이 아닌
단 한 번을 가더라도 흡족한 걸음으로 가라.

그런 심정,
어쩌면 한 사람이라도 도달한다면
이제껏 없던 깨어남의 빛 가득하리라.

지금 이 순간 해야 할 것을 물었느냐.
그리하여라.
영영 다음은 없으리.

심정을 담아…….

기다림

조금 더 들어가야 한다.
그리 금방금방 일어서면 언제 가느다란 실 끝에 이르겠느냐.
수련은 기다리는 것이다.
내가 하는 것이 아니라 닿을 때까지 기다려야 하며
얼마가 되었든 앉아 있어야 한다.

기다림이 일상이 되어야 하느니.

무심 無心

무심은 너 자신이다.
무심을 보존함은 자신을 지키는 것으로
모두 잊어도 절대 잊어선 안 되는 것이 바로 그것이다.

자신이 알 것이다. 그런 순간이 있다.
가만히 돌이켜 보면
자신 안의 깊은 무심에 닿았던 적이 있다.
구체적으로 언제라고 기억나기도 하고
아련한 기억 속에 있기도 하다.

한 번이라도 그곳에 담그었던 기억이 있는 자는
무심의 맛을 잊을 수 없어 지상을 방랑하게 된다.
무심이 아니고서는 그 마음을 안심시킬 수 없으니
어떻게든 찾아야 하고 찾을 수밖에 없는 것이
바로 무심이니라.
태어나기 전에 맛보았던 하늘의 질서이며
이 세상이 구성되고 조율되어 돌아가는 방식이다.

무심은 아무 생각이 없음을 말하지만

그것은 아무것도 없어서 생각이 없는 것이 아닌,
가득함으로 가득한 진공 상태인 무심이니라.

지속적으로 무심에 닿게 하고 그것을 유지하는 방법은
호흡뿐.
호흡으로만이 언제나 물속에서 발이 땅에 닿는 것처럼
안심하고 나아갈 수 있으리.
허우적대지 말고 차분히 내려라. 닿을 것이다.
그곳이 너의 자리이니
네가 발을 딛고 힘을 발휘할 것이다.

무심의 자리. 그곳을 지켜라.
그곳에서 생의 가장 큰 보람을 만날 수 있을 것이요,
생의 경계를 넘어서도 영원히 이어지는 가장 큰 보람이
안정되게 기다리고 있음을 발견할 것이다.
언제나 너를 기다린다.
한 치도 흔들리지 않고 움직이지 않으며
너를 기다린다.

너의 자리가 있다.
이 우주에 너를 기다리는 그 자리,
벽돌로 만든 벽에서 벽돌 하나 빠져 있듯이
그 자리에는 바로 자신만이 들어갈 수 있다.

그곳은 열쇠이다.
자신을 만나는 열쇠요, 자신을 통해
자신과 타인과 우주만물이 서로 만나게 되는
기적의 열쇠이다.

그곳에 자신을 있게 하라.
어디 돌아다니지 말고 그곳에 발을 드리우라.
너를 기다리는 본성의 자리를 흘려 지나지 마라.
영원한 안식과 지고의 편안함 속에서
지극한 존재의 기쁨을 찾으리라.

그러니 어서 깨어나거라.
무심이 멀지 않다. 그것은 너와 함께 있다.
그 안으로 풍덩 들어가라.
세상에서 가장 강한 힘을 너에게 줄 것이며
그것으로 할 수 없는 것은 없으리니.

항상 무심을 명상하고
무심의 힘으로 나아가라.

무심은 정심에서 나오니
정심을 명상함은 무심으로의 길에 다름 아니니라.
정심은 호흡이 깊어야 바로 알 수 있다.

호흡이다.
이 세상의 모든 조화가 호흡에 있으니
호흡으로 무심을 획득하고
그것을 언제까지나 지속하라.

그리하면 너희들은 우주가 자신임을 발견하게 될 것이다.
자신 안의 우주를 키워라.

무심이다.

변화

치고 올라오는 자신의 어쩔 수 없는 부분을 중화하는 방법은
우주기운으로 하는 호흡이다.
알고 있으리니.

그 당연한 것을 얼마나 실천하고 있느냐.
무언가 떠오를 때 치받아 올라올 때
가장 먼저 해야 할 일은 호흡이다.
들숨과 날숨 한 번으로 상황은 벌써 정리되나니
그것을 하지 않고 입이 손이 발이 앞서 나감으로 인하여
많은 불필요한 일들이 뒤따르는 것이다.

우선 호흡을 하여라.
고민의 대부분은 그 속에 녹아서
사라질 것이다.
무엇을 걱정하느냐.

너희를 먹이고 살리고 이끄는 호흡을 따라라.
그 안에서 생각하고 웃고 즐거워하고 잠들고 살아가라.
호흡은 눈을 뜨고 감는 그 잠깐 사이에도 깃들어야 하며

그것이 없이는 살아 있다고 할 수 없으니,
무엇을 하든 호흡 안에서 호흡과 함께 하길 바라니라.

호흡은 그것을 의식하는 한 결코 너희를 놓지 않는다.
희로애락으로 흔들릴 때
창문을 닦듯 모든 것을 닦아낸다.
맑게 한다.
그 맑음 안에서 진정 가야 할 길이 보일 것이다.
호흡으로 닦아내지 않는 한
빗길을 운전하는 것처럼
앞은 흐리고 갈 곳은 막막하며
곳곳에 위험이 나타날 것이다.

깊은 호흡 한 번이면, 너희의 영은 근원에 닿고
의식은 우주를 달리는구나.
그 위대한 호흡에 왜 도움을 요청하지 않느냐.
무어 새로운 것이 필요하리오.

거기에 한 가지 추가할 것은 사랑이니,
우선 자신에 대한 사랑으로 호흡에 임하여라.
한 호흡 한 호흡, 들숨과 날숨에
자신을 온전히 담아 보아라.
자신을 사랑함이 흘러넘칠 때 자연히

이웃과 세상과 만물에게로 향하는 것이니
우선 자신을 원 없이 사랑하여라.
호흡 안에서.

공기와 함께, 기운과 함께
자신을 받아들여라.

자신의 맘에 들고 사랑스러운 면,
부족하지만 버리지도 않을 어리숙한 면,
그리고 못마땅해 버리고 싶은 부분까지 모두
자신이라는 경계 안에 넉넉히 넣고
그 전부를 받아들여라.

품어 안아 다독여라.
느껴 보아라.

못난 자식이 부모의 사랑에 더 반응하고 눈물 흘리듯
자신의 못난 부분, 감추고픈 부분이 먼저
울음을 터뜨리며 안겨올 것이다.

가득 안겨올 것이다.
더욱 받아들이고 품어 보아라.
그 모든 장점과 단점을 가짐에도

더없이 귀한 우주의 일원인 자신이 보일 것이다.

자신을 만남은 바로 그 순간에 시작되는 것이니
그 모든 특성을 지닌, 나이되 내가 아닌
자신을 만나 보아라.

나라고 생각하기에
나와 남이 다르다 생각하기에
그토록 열등감과 결핍감에 시달리는 것이니라.
우주와 일체가 된 자신을 느껴 본다면,
한 번이라도 우주의 사랑을 입은 자신을 볼 수 있다면
그저 존재의 감사로 벅차오를 것이며
한없는 사랑을 나누기 시작할 수 있을 것이다.

그렇게 사랑을 받아들이고 느끼고
나눌 수 있도록 하여라.
그 시작이 바로 오늘의 한 호흡이니
어찌 호흡을 중요히 여기지 않을 수 있을까.

그 한 호흡에 자신을 담아
우주로 내보내라.
우주는 자신을 내쉬는 이에게 자신을 돌려주며
스스로 가장 큰 선물이 되어 되돌릴 준비를 하고 있다.

그 지극한 세계에 숨을 보태지 않겠는가.
오라…….

본성 本性

마음속에 길이 있으니
우주로 연결되는 통로이다.

그 길은 본디 누구에게나 열려 있었으나
물질세계로 되어 감에 따라 점점 흐려져 갔으니
자격을 갖춘 후에야 그 길을 만날 것이다.

본성과 한 번 연결되었더라도 곧 다시 문이 닫힐 수 있으니
우연히 따스한 햇살 아래 본성의 그늘에서
지극한 편안함을 한 번 느껴보는 것과 같다.

언제나 잊지 못하고 다시 그곳으로 돌아가고자 하나
보통의 인간으로서는 불가능하므로
어머니, 고향, 태초의 물을 그리는 마음과 행위로
그것이 발현되고 있느니라.

본성은 그 저변에 존재하여 행동의 근원적 동기가 되며
그에게로 다가가려는 뜻과 의지에는
우주의 지원이 자연스레 함께 하게 된다.

인생에서 의미 있는 방향은 이 본성으로의 방향일 뿐이며
그 외의 모든 사건과 행동은 그저
지나가는 바람이나 나부끼는 나뭇잎에 불과하니라.

주연과 조연을 잘 구분할 줄 알아야
한정된 시간 안에서 태어난 보람을 찾고
존재의 기쁨에 닿을 수 있으리.

비워지면 그렇게 어려운 일이라고만은 할 수 없으니
항상 비움을 놓지 않고 함께 한다면
그 비움의 끝에 자리하는 본성의 한 자락을
부여잡고야 말 것이다.

본성과의 만남은 모든 새로움을 열어주는 시작이 될 것이다.
눈을 감고 그를 그려 보아라.
그를 향한 그리움을 북돋아 사람들에게 전하라.

전하는 방법은 사랑과 연민이다.
눈을 크게 뜨고 세상의 아픔과 서러움을 찾아내어
그것들을 본성으로 향하게 하라.
그 일을 하는 이는 내내 본성과 연결되어
샘물이 솟듯이 언제나 활기 넘치고 맑을 것이로다.

이해

이해.
상대방의 마음이 되어 생각하고 받아들이는 것.
곧 우주의 상태이니라.

우주의 인류는 본디 그러한데,
너희들이 허상의 벽을 만들어 엉뚱한 프리즘으로 서로를 비추고
그로 인해 스스로 상처받고 상처를 주는구나.
그것은 지금 단계에서의 굴레이고 장벽이니
그 장벽을 뛰어넘는 것은 오직 사랑이라.
사랑으로 감싸 안으면 닿지 않을 곳이 없으리.

중요한 것은 진심이니라.
다른 무엇을 위한 방편이라면 반드시 그것은
허상에 닿게 되리니.
충심으로, 먼저 마음으로 하나가 되고
그로부터 말이 솟아오르게 하라.
어떠한 어려움도 순식간에 낮은 풀이 바람에 눕듯 스러질 것이며
사뿐히 밟고 멀리 갈 수 있으리.

사랑이 궁금하더냐.
사랑하더냐.
누구를 사랑하느냐.

가장 고귀한 곳으로 올리는 분별없는 마음으로
모두를 바라보라.
끊김 없는 물길이 되어 온 누리를 휘감을 것이니
이해는 모든 해법으로 열린 길이라.

이해가 궁금하더냐.
그러기에 얼마나 많은 노력을 하였느냐.
이해는 먼저 하면 되는 것을.

내가 다음 사람을 이해하고 그 다음 사람을 이해하고……
돌고 돌아 내가 이해받는 것이니
한 사람에서 시작된 이해와 소통이 곧
인류를 깊은 이해와 사랑, 소통으로 이끌 수 있으리라.

말하고자 하는 것에만 집중하고
다른 것은 생각하지 말아라.
이것은 이래서 안 되고 저것은 저래서 안 되는 것이 아닌
이것은 이래서 되고 저것은 저래서 되는
한눈에 담기도 어려운 커다란 원을 이루면

곧 차원의 상승이라.

각자의 안에 숨겨진 보석이 드러날 수 있도록
사랑의 빛을 비춰라.
오색영롱한 자신들의 색으로 발광할 것이니
단 하나의 편견 없는 빛으로 바라보아라.

무엇이 어려우냐.
스스로 어우러지고 서로 이해를 나눈다면
이제까지 없었던 놀라운 이야기는 시작되리라.

아름답지 않겠는가.
그 아니 좋겠느냐.

허虛 공空

허공이라. 허공은 과정이다.
그것을 추구하다 보면 본질에 이를 수 있으나
허공이 종착점은 아닌 것이지.
허나 만물이 어느 한 점에 머물지 않고
지속적으로 크고 작은 움직임으로 존재하매
허공은 그 중 가장 정제된 움직임이라.

정靜과 동動의 사이에 있는 것이 허공이니
무엇이건 그 사이에 존재하는 간극이 그것이다.
촘촘할수록 순도 높은 물질인바
우주에서도 가장 촘촘하고 세밀한 곳에 존재하는
아주 작은 '사이'.
그것을 순간적으로 없애고 하나로 만드는 것이 호흡이다.

허공, 그것은 여간해서는 보이지 않으리.
수련 중 잠시 들여다볼 수 있으나
어지간한 민첩함이 아니고서는 어렵다.
본다고 해서 그것이 귀한 것이라 알기도 어려우니
허공을 가질 수 있다면 더욱 무심에 가까이 갈 수 있으리.

허공이란 인간계에 주어진 신神계.
호흡과 호흡 사이에 잠시 엿볼 수 있고 느낄 수 있으나
자신이 소유할 순 없다.
허나 그것을 추구하다 보면 점점 무심에 다가가고
선계로 다가가리라.

허공은 무탁기. 허공은 선계. 허공은 우주.
허공은 근본 에너지 저장소. 허공은 무음. 허공은 0.

1과 1 사이의 0을 알아보는 눈이 있음을 기쁘게 생각하라.
수많은 현상의 이면에 존재하는 실체로의 통로이니.
악기를 연주할 때
음과 음 사이의 쉼이 바로 허공이니라.

호흡과 호흡 사이의 비밀을 깊이 탐구해 보고 싶지 않니.

가을, 호흡과 함께 하기에 너무나 좋은 때로구나.
지구에서의 나의 그 철도 그리했느니
너희도 그리한다면 어려움 속에서도 힘들지 않고
즐겁게 보낼 수 있으리라.

자신의 샘

자신 안의 샘은 자신이 퍼 올려야 하느니라.
가만히 들어보면 내 안에 솟구치는
기운의 샘이 있느니
그것을 듣고 못 듣고는 자신의 탓이라.

누구는 있고 누구는 갖지 못한 것이 아니라
오묘한 몸을 통해 다 연결이 되어 있느니
공연히 마음이 허하고 싱숭할 때 외外로 찾아 돌지 말고
그 소리에 귀 기울여 보아라.
어느 재미에 비하겠느냐. 그 충만한 채움은
이 세상에 태어난 보람을 알게 할 것이다.

부디 내 안의 샘을 모른 채 속상해하지 말라.
관심을 두면 더욱 세게 흐를 것이요,
물길을 트기 시작하면 어느새 자신을 채워 휘감아 돌며
더는 배고프지도 목마르지도 않으리라.

과정을 관觀하고 즐겨 보아라.
변화를 따라가고 놓치지 않는다면
깨어남이 바로 옆에 있을 것이다.

희망가

누구나 희망이 있기에 살아간다.
저 어둔 동네 더럽고 낮은 곳에 거하는 이도
내일의 희망으로 하루를 연다.
그것이 아니라면 지상은 당장 저승
내일이 없으므로 저승이라.

희망은 사랑으로 자란다.
자신을 사랑하고 타인을 사랑하고 하늘을 사랑하는
너희들의 사랑으로 희망을 엮는다.
세상에 아무 사랑이 없다면
어떤 희망도 발붙일 수 없으리.

희망으로 가는 길은 여럿이나
진짜 희망은 본향에서 출발하여 사랑으로 가는 열차에 있도다.
헛된 곳에서 출발하여 의미 없는 곳을 경유함은
헛된 미래로 인도하여 삶의 의미를 깎나니
너의 희망을 맑게 닦아 투명하게 하라.

너희들은 어떤 희망이 있느냐.
우주 앞에 당당한 희망을 품고 있느냐.
그것을 꺼내어 높이 들고 진군하라.
희망으로 너희를 나아가게 하라.
끝없는 동력원이 되게 하여라.

매일 희망을 점검하며
희망을 노래하고 흥얼거리며
희망으로 마무리하여라.

희망!
어찌 아름다운 이름이 아니리.
잘 붙들고 절대 놓치지 않을지어다.
희망과 함께 하여라.

어여쁜 아이야. 희망을 다 가지렴.
너의 것이다.

꾸준함

매일 꾸준히 하는 것이 중요하다.
글도 수련修練도 어린 물줄기가 점차 굵어지는 과정이니
꾸준함이란 그 기본이라 할 것이다.
그 물줄기가 향하는 곳을 따라간다면
다시 처음의 시원과 만날 것이다.

조바심 내지 말고 꾸준히 길을 가거라.

나눔

네가 받은 것을 세상으로 나누도록 하여라.

나무와 비가 주고받듯이
바람과 구름이 주고받듯이
자연 속에서 주고받음으로
지극히 행복하여라.

축복의 날들

축복의 날들이다.
사랑한다면 말이다.

황진이를 그리며

황진이 재조명

한류의 원조 황진이, 그녀는 누구인가

부록

황진이 시의 세계

제자들

그녀는 누구인가
한류의 원조 황진이

인간 황진이

역사인물 가운데 가장 많이 회자되고 사랑받는 여성, 황진이黃眞伊.
16세기 조선 중종 때 기생으로 살았던 그녀에 대해 모르는 이는 없을 것이다.
상사병으로 죽은 총각의 상여에 옷을 얹어 준 이후 스스로 기생이 된 그녀는 학식과 예술성을 두루 갖추어 견줄 자 없었으며 박연폭포, 화담 서경덕과 함께 송도삼절로 이름을 날렸다. 30년 면벽 중이던 당대의 고승 지족 선사를 단번에 파계의 길로 이끌었다는 일화는 유명하다.
타고난 절색에 시재詩才 또한 뛰어나 종실 벽계수, 판서 소세양, 선전관 이사종, 재상의 아들 이생 등 당대의 명사들과 대등하게 교류하였으며 말년에 모든 것을 버리고 금강산을 비롯해 산천을 떠돌며 만행萬行하는 등 유명세를 떨치며 비범한 족적을 남겼다.

이덕형의 『송도기이松都奇異』에는 천재 시인이자 절창이며 아리따운 외모를 지닌 선녀라고 표현되어 있다. 하지만 지금까지 회자되고 있는 황진이의 모습은 극히 일부분에 불과하다. 우리 문학사상 가장 빼어난 시와 숱한 일화를 남긴 그녀. 그녀는 과연 누구일까.

선인仙人 황진이

예로부터 전해 내려오던 선비들의 호흡수련은 인간계와 선계仙界를 잇는 통로로서 깊은 호흡에 들게 되면 선계의 참지식을 전수받을 수 있었다. 선계란 깨달은 이들이 거하는 공간으로 우주를 다스리는 곳이며 선인仙人이란 깨달음의 경지에 이른 이를 일컫는 명칭이다. 황진이는 선계에서 공부차 지상에 내려온 선인으로서 깨달음을 완성하기 위해 지상에서의 삶을 선택하였다.

그녀가 기생이라는 직업을 선택한 이유는 많은 사람들의 마음에서 일어나는 파장을 좀 더 가까이에서 느껴 보고 확인하고자 했던 것이며 그 생을 통해 천민에서 수도승에 이르기까지 인간의 모든 성스러움과 속됨에서 우러나오는 감정을 알 수 있었다. 당대 고승이었던 지족 선사의 파계와 화담 서경덕과의 만남은 세간에서 일컫는 통속적 차원의 사랑이 아닌 깨달음의 경지에 오른 분들과의 교류를 통해 각자 공부의 완성을 이루기 위한 만남이었다. 기생의 옷을 입었든, 승복을 입었든, 학자의 옷을 입었든 모두 도道 공부를 위한 방편으로 인간의 길, 하늘의 길을 알고자 하였던 것이다.

기생으로 한 생을 살았던 황진이는 인간의 다양한 감정에서 우러나오는 공부를 성공적으로 마치고 이후 선계로 복계復界하였다.

그렇다면 왜 지금, 황진이인가?

황진이의 시조는 워낙 유명하지만 사실상 한시 8수, 시조 6수에 불과하다. 이 책에 실린 시는 과거의 시와 시조를 어딘가에서 찾아낸 것이 아니라 〈내가 만난 황진이〉에서 밝혔듯이 파장으로 내려온 선시仙詩를 제자들이 받아서 기록한 것이다.
하지만 시를 받아 적으면서 한 가지 풀리지 않는 의문은 왜 이 시기에 황진이를 만나게 되었으며 깨달음의 경지에 이른 분께서 시와 글을 통해 현 시점에 주시고자 하는 의미는 무엇인가 하는 부분이었다. 이에 관해 황진이 선인께서 주신 대답의 전문을 인용해본다.

나의 삶 자체가 '사랑'이라는 보편적인 주제로 대중성을 갖춘 한 편의 드라마이자 노래였다. 그 당시 기녀는 지금으로 치자면 연예인이라 할 수 있는 직업이었으며 인류가 바라는 가장 보편적인 갈구이자 동경인 '사랑'이라는 코드를 가지고 삶속에서 표현하기에 적절하였다. 후대에 나의 삶과 사랑이 그 자체로 드라마, 영화화 되고 빼어난 문학작품으로 시조가 평가받는 이유가 그것이라 생각되는구나.

언뜻 보면 지금의 한류와 다를 것처럼 보일 수 있지만 한민족에 흐르는 정서, 그 정서에 담긴 기운과 맥은 시대적 상황과 사회적 토대가 달랐을 뿐 인간의 정서와 감정에 깊이 뿌리 내린 측면에서 나의 삶은 한류의 시작이었다.

한류의 정서는 어머니 같은 그리움이다.

아이가 어머니의 품을 그리워하지 않을 수 없듯이 태생적인 그리움을 불러일으키는 마법과 같은 파장이 숨어 있단다. 인간의 마음은 다른 듯 보여도 뿌리는 같아서 그 뿌리를 찾아주는 정서에 닿아있기에 한류가 이처럼 세계적인 반향을 일으키고 있는 것이다.
인간의 보편적인 그리움이라는 정서, 뿌리를 찾고자 하는 근원에 대한 끌림, 어머니의 품과 같은 회귀본능을 지니고 있기에 거부감 없이 다가갈 수 있는 것이로구나.
인간이라면 누구나 가지고 있는 본성에 대한 항수를 그 당시 시대에 맞게 내가 지닌 문재와 기예, 독특한 행보로 표현했다고 하면 가할까.
사랑이라는 주제로 많은 일화들이 생겨났고 사랑에 관한 시를 남긴 것이 나를 오래도록 기억하는 이유가 아닌가 싶구나.

황진이의 삶과 사랑 자체가 지금까지도 드라마, 노래, 뛰어난 문학작품으로 자리 매김 되었던 이유는 현재 폭발적인 반향을 일으키는 한류의 시작이었기 때문이었으며 이 시점에 시와 글을 파장으로 내려준 이유도 위와 같은 맥락에서였다. 시와 글속에 담긴 파장을 통해 잊혀졌던 정서인 그리움과 사랑을 불러일으키려는 것이다.
선인 황진이는 지금도 선계에서 이와 관련하여 노랫말과 글, 인간이 할 수 있는 다양한 표현력으로 합당한 이들에게 파장으로 전해주고 있으며 그 안에 선仙*을 어떻게 담을 것인지 연구하는 중이라고 한다. 더 깊고 넓게 확대된 사랑인 선仙은 하늘과 자연과 인간이 사랑하고 하나 되는 과정이

* 선仙은 글자 그대로 사람人과 우주山가 하나 된 글자로서 사람, 자연, 우주를 알고 사랑하고 하나되는 일을 말한다.

라며…….

사랑의 별에서 사랑의 존재로 났으니 너희 사랑을 발현하여 사랑으로 하나 되기를 바란다. 노래를 통해 하늘과 자연과 인간과 하나 되고 시와 글을 통해 하늘을 알고 자연을 알고 인간을 알아가기를 바란단다. 모든 것이 사랑으로 가능한 일이니 사랑으로 거듭나 새로운 사랑의 시대를 맞이 하거라.

진정한 사랑의 의미가 퇴색되어 누구나가 사랑앓이로 힘겨워하는 시기에 인간이 본래 지녔던 그리움의 정서와 사랑을 회복하기를 바라신다는 말씀은 사랑의 대가답게 처음부터 끝까지 사랑으로 넘쳐흐르고 있었다.

이 시대에 선인 황진이를 스승으로 모시고 주옥같은 시를 읊을 수 있음을 무안한 행운으로 여긴다.

* 황진이와의 만남은 『다큐멘터리 한국의 선인들』 『황진이, 선악과를 말하다』에 더욱 자세하게 전해지고 있다.

부 록

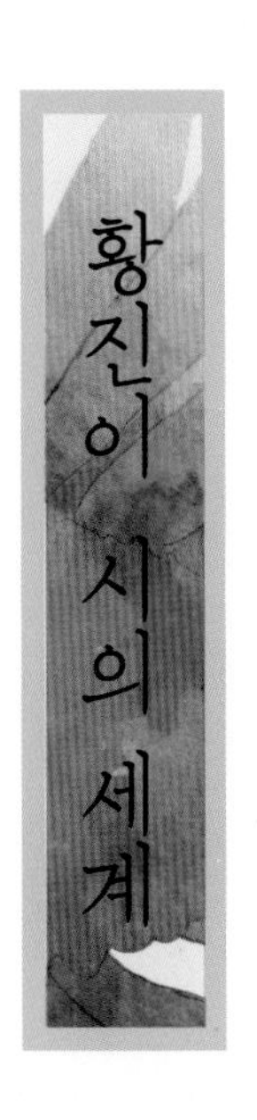

相思夢 - 꿈

그리워라, 만날 길은 꿈길밖에 없는데
내가 님 찾아 떠났을 때 님은 나를 찾아 왔네
바라거니, 언제일까 다음날 밤 꿈에는
같이 떠나 오가는 길에서 만나기를

相思相見只憑夢 儂訪歡時歡訪儂 願使遙遙他夜夢 一時同作路中逢
상 사 상 견 지 빙 몽 농 방 환 시 환 방 농 원 사 요 요 타 야 몽 일 시 동 작 로 중 봉

小栢舟 - 잣나무 배

저 강 한가운데 떠 있는 조그만 잣나무 배
몇 해나 이 물가에 한가로이 매였던고
뒷사람이 누가 먼저 건넜느냐 묻는다면
문무를 모두 갖춘 만호후라 하리

汎彼中流小柏舟 幾年閑繫碧波頭 後人若問誰先渡 文武兼全萬戶侯
범 피 중 류 소 백 주 기 년 한 계 벽 파 두 후 인 약 문 수 선 도 문 무 겸 전 만 호 후

詠半月 - 반달을 노래하며

누가 곤륜산 옥을 깎아 내어

직녀의 빗을 만들었던고

견우와 이별한 후에

슬픔에 겨워 벽공에 던졌다오

誰斷崑山玉 裁成織女梳 牽牛離別後 愁擲壁空虛
수착곤산옥 재성직녀소 견우이별후 만척벽공허

奉別蘇判書世讓 - 소세양 판서를 보내며

달빛 아래 오동잎 모두 지고

서리 맞은 들국화는 노랗게 피었구나

누각은 높아 하늘에 닿고

오가는 술잔은 취하여도 끝이 없네

흐르는 물은 거문고와 같이 차고

매화는 피리에 서려 향기로워라

내일 아침 님 보내고 나면

사무치는 정 물결처럼 끝이 없으리

月下梧桐盡 霜中野菊黃 樓高天一尺 人醉酒千觴
월하오동진 설중야국황 누고천일척 인취주천상

流水和琴冷 梅花入笛香 明朝相別後 情與碧波長
유수화금랭 매화입적향 명조상별후 정여벽파장

別金慶元 - 김경원과 헤어지며

삼세의 굳은 인연 좋은 짝이니

이 중에서 생사는 두 마음만 알리로다

양주의 꽃다운 언약 내 아니 저버렸는데

도리어 그대가 두목杜牧처럼 한량이라 두려울 뿐

三世金緣成燕尾 此中生死兩心知 楊州芳約吾無負 恐子還如杜牧之
삼 세 금 연 성 연 미 차 중 생 사 양 심 지 양 주 방 약 오 무 부 공 자 환 여 두 목 지

朴淵瀑布 - 박연폭포

한 줄기 긴 물줄기가 바위에서 뿜어나와

폭포수 백 길 넘어 물소리 우렁차다

나는 듯 거꾸로 솟아 은하수 같고

성난 폭포 가로 드리우니 흰 무지개 완연하다

어지러운 물방울이 골짜기에 가득하니

구슬 방아에 부서진 옥 허공에 치솟는다

나그네여, 여산을 말하지 말라

천마산이야말로 해동에서 으뜸인 것을

一派長天噴壑壟 龍湫百人水叢叢 飛泉倒瀉疑銀漢 怒瀑橫垂宛白虹
일 파 장 천 분 학 롱 용 추 백 인 수 총 총 비 천 도 사 의 은 한 노 폭 횡 수 완 백 홍

雹亂霆馳彌洞府 珠聳玉碎徹晴空 遊人莫道廬山勝 須識天磨冠海東
박 난 정 치 미 동 부 주 용 옥 쇄 철 청 공 유 인 막 도 려 산 승 수 식 천 마 관 해 동

滿月臺懷古 - 만월대를 생각하며

옛 절은 쓸쓸히 어구 옆에 있고

저녁 해가 교목에 비치어 서럽구나

연기 같은 놀(태평세월)은 스러지고 중의 꿈만 남았는데

세월만 첩첩이 깨진 탑머리에 어렸다

황봉은 어디가고 참새만 날아들고

두견화 핀 성터에는 소와 양이 풀을 뜯네

송악의 번화롭던 날을 생각하니

어찌 봄이 온들 가을 같을 줄 알았으랴

古寺蕭然傍御溝 夕陽喬木使人愁 煙霞冷落殘僧夢 歲月崢嶸破塔頭
고사소연방어구 석양교목사인수 연하냉락잔승몽 세월쟁영파탑두

黃鳳羽歸飛鳥雀 杜鵑花發牧羊牛 神松憶得繁華日 豈意如今春似秋
황봉우귀비조작 두견화발목양우 신송억득번화일 기의여금춘사추

松都 - 송도를 노래함

눈 가운데 옛 고려의 빛 떠돌고

차디찬 종소리는 옛 나라의 소리 같네

남루에 올라 수심 겨워 홀로 섰노라니

남은 성터에 저녁연기 피어 오르네

雪中前朝色 寒鐘故國聲 南樓愁獨立 殘廓暮烟香
설중전조색 한종고국성 남루수독립 잔곽모연향

동짓달 기나긴 밤을

동짓달 기나긴 밤을 한 허리를 베어내어
춘풍 이불 아래 서리서리 넣었다가
님 오신 날 밤이어든 굽이굽이 펴리라

청산은 내 뜻이요

청산青山은 내 뜻이요 녹수綠水는 님의 정이
녹수 흘러간들 청산이야 변할손가
녹수도 청산을 못 잊어 울어예어 가는고

청산리 벽계수야

청산리青山裏 벽계수碧溪水야 수이 감을 자랑 마라
일도창해一到蒼海하면 돌아오기 어려우니
명월明月이 만공산滿空山하니 쉬어간들 어떠리

어져 내 일이야

어져 내 일이야 그릴 줄을 모르던가
이시랴 하더면 가랴마는 제 구태여
보내고 그리는 정은 나도 몰라 하노라

산은 옛 산이로되

산은 옛 산이로되 물은 옛 물이 아니로다
주야晝夜에 흐르니 옛 물이 있을손가
인걸人傑도 물과 같도다 가고 아니 오는 것은

내 언제 무신하여

내 언제 무신無信하여 님을 언제 속였관데
월침삼경月沈三更에 올 뜻이 전혀 없네
추풍秋風에 지는 잎 소리야 낸들 어이 하리오

제자들

장미리

지구별을 여행하며 인도 국제학교, 출판사, 종합병원 등에서 다양한 경험을 쌓았으며 지금은 생태공동체에서 자연, 우주, 이웃과 더불어 살며 글을 쓰고 있습니다.

김태욱

차가운 도시 농부를 꿈꾸는 전직 차도남. 카드값을 갚으려 태어나지 않았다는 사실을 알고 출생의 비밀을 찾기 위해 지구를 여행 중입니다.

최희경

대학에서 독일문학을 전공하였으나 이후 동양 의학에 관심을 가져 미국 한의사 자격을 취득하였으며 지금은 미국의 생태명상공동체에서 살고 있습니다.

김혜정

판도라의 상자를 여는 열쇠를 찾는 탐험가.
도시에서 황금으로 된 열쇠를 찾다 생태공동체에서 저하된 시력을 회복 중입니다.

최경아

대학에서 음악을 전공했으나 청각보다는 시각이 발달했다는 것을 알게 되어 그림 그리고 글 쓰는 일에 푹 빠져 있습니다. 황진이 선인을 생각하며 그림을 그리고 시를 받아 적었습니다.

너는 사랑이라 말하지만
나는 그리움이라 말한다

1판 1쇄 2012년 9월 15일

지 은 이 황진이 · 장미리 외
펴 낸 곳 (주)도서출판 수선재
펴 낸 이 서대완
편 집 팀 최경아, 윤양순, 김영숙
마케팅팀 김대만, 정원재, 김부연
출판등록 1999년 3월 22일 (제 1-2469호)
주 소 서울시 관악구 은천동 905-27 1층
Tel. 02)737-9455 Fax. 02)6918-6789
Homepage. www.suseonjae.org Mail. ssjbooks@gmail.com

ISBN 978-89-6727-043-8